OS RATOS
E O GATO PERSA

Obeyd Zakani

OS RATOS
E O GATO PERSA

(Mush-o Gorbeh)

Tradução de Beto Furquim
Ilustrações de Alex Cerveny
Consultoria de Zahra Mousnavi
Posfácio de Rodrigo Petronio

editora 34

EDITORA 34

Editora 34 Ltda.
Rua Hungria, 592 Jardim Europa CEP 01455-000
São Paulo - SP Brasil Tel/Fax (11) 3811-6777 www.editora34.com.br

Copyright © Editora 34 Ltda., 2025
Tradução © Beto Furquim, 2025
Ilustrações © Alex Cerveny, 2025
Posfácio © Rodrigo Petronio, 2025

A FOTOCÓPIA DE QUALQUER FOLHA DESTE LIVRO É ILEGAL E CONFIGURA UMA
APROPRIAÇÃO INDEVIDA DOS DIREITOS INTELECTUAIS E PATRIMONIAIS DO AUTOR.

Imagem da capa:
Ilustração de Alex Cerveny

Tratamento das imagens e fotografia da página 44:
João Laginha

Capa, projeto gráfico e editoração eletrônica:
Franciosi & Malta Produção Gráfica

Revisão:
Beatriz de Freitas Moreira

1ª Edição - 2025

CIP - Brasil. Catalogação-na-Fonte
(Sindicato Nacional dos Editores de Livros, RJ, Brasil)

Zakani, Obeyd, 1300-1371
Z598r   Os ratos e o gato persa (Mush-o Gorbeh) /
Obeyd Zakani; tradução de Beto Furquim;
ilustrações de Alex Cerveny; consultoria de Zahra
Mousnavi; posfácio de Rodrigo Petronio — São Paulo:
Editora 34, 2025 (1ª Edição).
64 p.

ISBN 978-65-5525-244-6

Tradução de: Mush-o Gorbeh

      1. Poesia persa clássica - Século XIV.
I. Furquim, Beto. II. Cerveny, Alex. III. Mousnavi,
Zahra. IV. Petronio, Rodrigo. V. Título.

CDD - 891.1

OS RATOS E O GATO PERSA

Como os ratos e o gato vieram parar no Brasil, *Alex Cerveny*......   7

Os ratos e o gato persa...   9

Glossário de referências persas   41
Onde está a monorrima?   43
Nota do tradutor, *Beto Furquim*   45
Traduções de *Mush-o Gorbeh* consultadas.................................   47

Posfácio, *Rodrigo Petronio*   49

Sobre o tradutor e o ilustrador......................................   63

COMO OS RATOS E O GATO VIERAM PARAR NO BRASIL

Alex Cerveny

Algumas histórias resistem à passagem do tempo. *Mush-o Gorbeh* (literalmente, *Os ratos e o gato*), que você encontrará nas páginas a seguir, é uma delas. Atribuída ao poeta persa Obeyd Zakani (1300-1371), até hoje é recontada não apenas no Irã (a Pérsia de hoje), mas também em muitos outros países, em numerosas traduções e adaptações.

Os ratos e o gato persa, esta versão em português — talvez a primeira publicada em nosso idioma —, tem como origem um manuscrito envolvido em mistério. O volume de 92 páginas encadernadas foi encontrado por mim pouco antes da pandemia de Covid, na Bahia. Comprei-o das mãos de um fotógrafo e jornalista marroquino que há meio século veio morar no Brasil, cercado de livros e objetos de arte num luxuoso casarão no bairro de Santo Antônio Além do Carmo, em Salvador. Em sua bagagem, ele trouxe o manuscrito, que disse ter adquirido num antiquário em Sintra, Portugal, ainda nos anos 1950.

Também é possível saber que, ainda antes da Península Ibérica, a longa viagem do livro que agora está em São Paulo passou por outra escala, na cidade alemã de Bamberg. Colado na primeira página do volume, um ex-libris atesta que o manuscrito pertenceu ao acervo de Emil Freiherr Marschalk von Ostheim (1841-1903), conhecido historiador e colecionador de livros.

Sobre o talentoso calígrafo e autor das delicadas iluminuras (ver foto à página 44), nada sabemos. Tampouco sobre onde e quando o manuscrito foi feito. Mas, graças à preciosa colaboração de Zahra Mousnavi, uma jovem iraniana de Yazd que escolheu o Brasil para viver, pudemos entender que o manuscrito está incompleto e que o encadernador não sabia ler persa, pois as primeiras páginas estão embaralhadas.

São ao todo nove histórias, todas em versos, sete delas repletas de humor e duas contendo lições de moral sobre a gula. As beiradas das folhas foram refiladas para possibilitar o encaixe em uma belíssima encadernação laqueada, enfeitada com motivos florais, um artesanato típico do período Qajar (1789-1925).

Mush-o Gorbeh é o último poema, e depois dele o manuscrito termina abruptamente. Zahra pacientemente escreveu a sinopse de cada um dos textos, além de identificar a autoria de alguns deles, como a deste que você lerá nas próximas páginas. Também tirou dúvidas e transcreveu digitalmente o texto em persa para que o escritor Beto Furquim pudesse mergulhar na estrutura do texto e buscar, em outras traduções, mais elementos para compor os versos em português.

Por fim, para mim sobrou a tarefa de criar em aquarela novas ilustrações para essa velha história, ainda tão significativa nos dias em que vivemos.

OS RATOS E O GATO PERSA
(Mush-o Gorbeh)

Se a sabedoria é o que mais te interessa
A história dos ratos e do gato persa
De fio a pavio vai se desenrolar.
Tu vais refletir, mas também desfrutar.

És inteligente, sagaz, genial?
Os ratos e o gato, quem vai se dar mal?
De verso em verso, as pérolas correm.
Ouvidos atentos até o final!

Na velha Quermã, por decreto dos céus,
Vivia esse gato, um dragão colossal.
Seu ventre, um tambor; um escudo, seu tórax,
E as unhas e dentes? Leão, tal e qual!

Se dava um rugido, o terror se espalhava.
Fugiam de medo o leopardo e o chacal.
Bastava botar suas patas na mesa...
E a fera, aonde foi, já partiu? Nem sinal...

Um dia o tal gato enfiou-se num bar,
Com fome de rato, não de cereal.
Ficou bem calado atrás de um barril,
E armou, sorrateiro, o bote letal.

Então, de repente, um ratinho surgiu.
Subiu no tonel, de degrau em degrau.
Encheu a cachola de tanto beber
E disse com cara de besta infernal:

"Por onde andará o bichano de araque?
Se eu pego, eu esgano e curto no sal.
Não passa de um mero casaco de pele
Que eu vendo na feira, no fio do varal!
Seu bicho sarnento de meia-tigela,
Acabo contigo e faço mingau!"

Após escutar tudo isso bem quieto,
O gato foi breve, só disse "Miau".
Com as garras e presas robustas e agudas
Prendeu o ratinho em flagrante penal.

Nas unhas do gato, esse rato implorou:
"Perdão, meu senhor, eu fui muito boçal!
Bebi, foi o vinho, não sou sempre assim,
Não te ofenderia num dia normal."

"Mentira, ordinário!", o gato falou,
"Quer mesmo escapar com essa cara de pau?
Guardei muito bem cada frase que ouvi!
Mentir é pecado, seu rato imoral!"

Então devorou o ratinho sem dó
E fez com a língua a limpeza geral.
Depois, na mesquita, prostrou-se no chão,
Sentindo remorso do ato brutal.

"Alá, me perdoe, eu me arrependi,
Jamais outro rato terá fim igual!
Prometo doar muito pão aos famintos
Vou me redimir por ter feito esse mal."

A cena foi forte, chamou a atenção.
Culpado e aflito, chorou no final.
Um rato, ali perto, ficou comovido
E disse aos colegas, em tom triunfal:

"São boas notícias que vêm de Quermã:
O gato passou por mudança total.
Virou um devoto e se mortificou.
Até começou um jejum radical!"
Os ratos guincharam de alívio e alegria.
A tal novidade era fenomenal.

Então foi formado um grupo de nobres,
Só chefes de aldeias da elite local,
Os sete levavam presentes ao gato,
Em prova de paz e respeito oficial.

Um rato levava um vinho Shiraz;
O outro, um cordeiro no ponto ideal;
Então, o terceiro, repleto de passas;
E o quarto, com queijo a entornar o bornal;

Com o quinto, as tâmaras mais suculentas;
Com o sexto, barbari e iogurte integral;
Com o sétimo, frescos limões-de-omã
E fartas porções de um cheiroso pilau.

Então rumo ao gato andaram os sete,
Rezando baixinho, em voz gutural.
E, quando chegaram, disseram de longe:
"Senhor, cada rato hoje é seu serviçal.
Rogamos que aceite esta humilde oferenda,
É só gratidão à sua fase atual."

Ao ver os presentes, o gato exclamou:
"Será que isso vem do jardim celestial?
Eu fiz penitência e orei com fervor,
Fui firme na busca espiritual.
Fiquei sem comer por todo esse tempo!
O jejum e as preces me deram moral.
Quem louva a Alá com a força da fé
Merece um jantar muito além do frugal!"

Então ele disse: "Ratinhos amigos,
Vocês são bem-vindos aqui no quintal."
Morrendo de medo, chegaram mais perto.
As patas tremiam mais que o habitual.
É claro que o gato saltou de repente.
Deu golpes incríveis, artista marcial.

Num único bote, apanhou cinco ratos.
O último som que ouviram foi: "Miaau!".
Fisgou de uma vez um ratinho por pata,
E o quinto foi pego em mordida fatal.

Os dois que, por sorte, fugiram a tempo,
Disseram aos outros da vila natal:
"Nós vamos ficar só de patas cruzadas?
É o monstro de sempre, é o nosso rival!
Num único dia, esmagou cinco nobres,
e nós nem pudemos fazer funeral!"

A dor da tragédia grassou pelo reino.
Dez dias de luto, com todo o ritual:
Os ratos jogavam poeira na testa,
E se lamentavam: "Que triste final!".

Após debaterem um plano conjunto,
Viajaram em bandos até a capital.
Marcaram audiência com o próprio rei.
Contaram a ele a cilada mortal.

O rei viu os ratos chegarem unidos,
E se aproximarem do trono real.
Curvaram-se todos, em obediência
À forma do rito cerimonial:

"Ó, grande monarca de todos os ratos,
O gato agiu de modo desleal.
Ó, rei, que nos livra da vil tirania,
Os crimes da fera subiram de grau.
De um salto passaram de um para cinco!
Jurou por Alá, mas ficou mais brutal..."

Após escutar cada uma das queixas,
O rei decretou a sentença final:
"Ó, ratos, meus súditos, nossa vingança
Irá para a História do mundo oriental!"

Então convocou cada rato guerreiro:
Soldado, major, capitão, general...
E em uma semana formou-se um exército:
Trezentos e trinta mil caras de mau!
Com lanças, escudos e arcos e flechas,
Espadas e adagas, um grande arsenal.

Enquanto o efetivo já vinha marchando,
De Resht, Gilan, Khorasan, tal e tal,
Foi selecionado um rato bravio
Que o rei nomeou Emissário Real:

Devia seguir sem demora a Quermã
Levar o ultimato: "Venha à capital
E curve-se aos pés soberanos do rei,
Senão haverá uma guerra mortal!"

O gato ouviu com escárnio e avisou:
"Não deixo Quermã nem por bem, nem por mal!"
Mas, sempre em segredo, não facilitou.
Montou um exército excepcional

De gatos de Yazd, Isfahan e Quermã,
Que encaram leões em batalha campal.
Ao ver suas tropas, deu grito de guerra:
"O gato que é gato não foge do pau!"

As tropas dos ratos, nesse meio-tempo,
Já tinham cruzado as minas de sal.
Em Fars, no deserto ao sopé das montanhas,
Os bichos travaram a luta final.

A briga foi feia, de foice no escuro.
Trazia à memória Rustã, o Imortal.
Perdia-se a conta dos corpos no chão,
De quem? Tanto faz. Toda morte é igual.

Com muita coragem, o gato, a galope,
Meteu-se entre os ratos, na linha central.
Um cabo então atingiu seu cavalo,
E há sempre o dia em que o gato cai mal.
"Alá! Ó, Alá!" — foi o que exclamaram;
E logo depois: "Pega o gato infernal!".

Os ratos cantaram ao som do tambor,
Aquela vitória era monumental.
Do alto da sela do seu elefante,
O rei só ouvia: "Perdeu, bicho mau!".

Os ratos ataram as patas do gato
Com corda, barbante, até crina animal.
O rei deu um grito: "Enforquem o gato!
Que morra esse ser traiçoeiro e brutal!"

Ao ver-se cativo de um reino de ratos,
O gato virou um vulcão colossal.
Com todas as forças de um jovem leão,
Rompeu as amarras, num urro: "Miaaau!".

Tombou vários ratos, fundiu-os ao chão,
No ato enterrados, já na horizontal.
Os sobreviventes fugiram para o sul
E o rei, rumo ao norte, sem rastro ou sinal.
Sumiu o cocheiro, xispou o elefante.
O trono, a coroa, o palácio? Baubau!

É o fim desta história curiosa e estranha
De Obeyd Zakani, poeta e jogral.
Recordem os versos do gato e dos ratos,
E pensem, leitores, qual é a moral.
Sua vida terá bem mais dias felizes!
Descubram então o sentido real!

GLOSSÁRIO DE REFERÊNCIAS PERSAS

Gastronomia

barbari: pão achatado originário da região de Tabriz.
limão-de-omã: variedade de limão que é desidratada para produzir um tempero típico.
pilau ou *pilaf*: prato típico persa feito à base de arroz e especiarias.
vinho Shiraz: famosa bebida dessa cidade da Pérsia, diferente do atual vinho Shiraz.

Tradições

Jogar areia ou poeira na testa: antigo rito fúnebre oriental.

História

Rustã ou *Rostam Farrokhzad*: lendário líder militar conhecido pela bravura. Comandou os guerreiros da dinastia sassânida, que governou a Pérsia de 224 a 651. Morreu na batalha de al-Qadisiyyah, por volta do ano 636, vencida pelos muçulmanos. A capitulação trágica de Rustã e das forças que liderava não impediu, porém, sua consagração como figura heroica no imaginário persa e na obra épica *Shahnameh* (*O livro dos reis*), do poeta Ferdowsi (*c*. 940-1020).

Geografia (locais citados no poema e nos textos complementares)

Fars: província no sudeste, próxima ao Golfo Pérsico. Nela se localizam, além de Shiraz, as ruínas das cidades históricas de Pasárgada e Persépolis.
Gilan: província no noroeste, banhada pelo mar Cáspio.
Isfahan: província na região central do país.
Khorasan: região fronteiriça com o Afeganistão e com o Turcomenistão, no nordeste do Irã, atualmente dividida em três províncias.
Qazvin: nome da cidade natal de Obeyd Zakani. Capital da província de mesmo nome, dista cerca de 150 km de Teerã, a capital do Irã.
Quermã, Carmânia ou *Kerman*: província no Sul, com capital de mesmo nome.
Resht ou *Rasht*: capital da província de Gilan.
Shiraz ou *Xiraz*: capital de Fars, onde viveram Zakani e outros poetas.
Yazd: província na região central do país.

Grafia das palavras

Para as palavras em persa, adotamos nos textos complementares deste volume o sistema mais simples de transliteração, que não utiliza caracteres nem sinais diacríticos especiais. Nos nomes de lugares, no entanto, há uma mistura dessa grafia com outras consagradas pelo uso ao longo dos tempos.

MAPA DA PÉRSIA (atual Irã, com as províncias e cidades citadas)

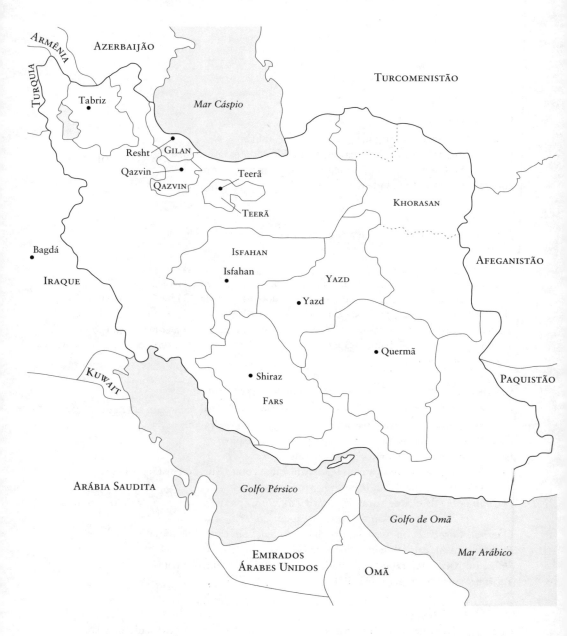

ONDE ESTÁ A MONORRIMA?

Desde a consolidação do domínio muçulmano na Pérsia, séculos atrás, o persa, que tinha alfabeto próprio, passou a ser escrito no alfabeto árabe, com algumas adaptações, pois são línguas diferentes, com certos sons próprios, que o outro idioma não tem.

Isso porque o alfabeto árabe e sua variação persa são fonéticos, como o português. De acordo com a regra geral desse tipo de representação (que costuma ter exceções conforme o idioma), cada letra corresponde a um som.

Quanto ao aspecto visual, a orientação horizontal da leitura é invertida em relação às línguas ocidentais: é da direita para a esquerda — igual à do japonês, por exemplo. Isso vale também para as páginas. Um livro persa, assim como um mangá japonês, começa na página que seria a última num livro ocidental.

Mush-o Gorbeh, assim como todos os poemas do manuscrito reproduzido na página seguinte, segue a tradição da poesia persa: é disposto em duas colunas. Cada linha traz um verso completo, dividido em dois hemistíquios (metades de verso), um em cada coluna. A ordem da leitura é assim: sempre começando pelo alto, cada linha deve ser lida inteira, pulando da primeira coluna (à direita, onde está o primeiro hemistíquio) para a segunda (à esquerda, onde está o segundo hemistíquio), e só então passar para o começo (à direita) da linha seguinte.

Como os dois hemistíquios formam um verso, e nos *qasidahs* como *Mush-o Gorbeh* quase todos os versos rimam uns com os outros, essa monorrima está no final de cada linha. E, uma vez que o alfabeto persa representa sons visualmente, não é preciso aprender esse alfabeto para deduzir como está representado esse som final que se repete — a rima. Basta uma atenta observação das recorrências visuais.

É exatamente isso que se constata no manuscrito fotografado. As letras que representam a rima principal de *Mush-o Gorbeh* podem ser identificadas facilmente, pois estão sempre na posição mais à esquerda da coluna da esquerda.

O manuscrito de 92 páginas com iluminuras coloridas contendo
Mush-o Gorbeh, de Obeyd Zakani, entre outros poemas,
volume que pertenceu ao colecionador alemão
Emil Marschalk von Ostheim (1841-1903)
e foi utilizado para a presente edição.

NOTA DO TRADUTOR

Beto Furquim

A rigor, os versos que estão neste livro não podem ser considerados uma tradução. É bem mais apropriado defini-los apenas como mais uma das numerosas versões de uma velha história. Essa história costuma ser identificada com o nome de Obeyd Zakani, tanto que é dele o nome que aparece nos versos finais, a "assinatura" dos antigos poemas persas. No entanto, Zakani nem mesmo foi o primeiro a escrever sobre um gato hipócrita que finge piedade e compaixão pelas presas para assim surpreendê-las e devorá-las com mais facilidade. Esse tema já estava numa das fábulas da antiquíssima obra indiana *Panchatantra*, pelo menos em uma versão datada do século III — mas provavelmente é ainda anterior a isso. Essa famosa compilação de histórias circulou também na Pérsia antiga, onde parece ter inspirado outras narrativas com o mesmo tema, inclusive anteriores à época de Zakani.

Como fazem hoje os DJs com motivos musicais, é bem plausível que o poeta tenha combinado esse e outros elementos de narrativas tradicionais para compor seu *Mush-o Gorbeh*, sobre o qual existem muitas dúvidas. Uma delas: qual dos múltiplos manuscritos estaria mais próximo daquele escrito pela própria mão de Zakani — e que nunca foi encontrado? Há quem sustente que essa versão "original" — com ênfase nas aspas — seria mais ácida que as posteriores, além de mais curta. Nem conteria a parte da guerra entre os reinos dos gatos e dos ratos.

Para não ficarmos sem nenhuma referência, contudo, o que se pode dizer é que a versão que serviu de base para os versos em português é muito próxima à utilizada pela maioria das traduções atualmente disponíveis em outros idiomas, como o inglês e o espanhol. Elas contêm a parte da guerra e muito provavelmente suavizam os insultos do rato bêbado de Zakani ao gato. Mas não estão isentas de diferenças entre si. Na caracterização temível do gato no início da história, suas garras ora são comparadas às de um falcão, ora às de um leão, para ficar num exemplo bem simples de discrepância. Diante de tantas variantes, a opção foi ser fiel às passagens mais marcantes e distintivas do texto (comuns a todas as traduções consultadas), às referências explicitamente persas (informadas no glossário à página 41), aos traços do gênero (poema-fábula monorrimado e marcadamente ritmado, emulando a forma *qasidah*), e sobretudo ao espírito brincalhão que conquistou leitores de tantos séculos e continentes.

Respeitados esses critérios, o leitor mais atento encontrará certas diferenças em relação ao original. A começar do título escolhido para este livro, pois a tradução literal de *Mush-o Gorbeh* seria apenas *Os ratos e o gato*. No corpo do poema, também foi exercida a relativa liberdade observada em grande parte das versões da obra. Por exemplo, embora no texto persa os protagonistas só falem a língua dos homens, aqui o gato também mia. Aliás, ao lado do grande repertório de soluções proporcionado pela monorrima (-au/-al) em português, pesou também nessa escolha a possibilidade de incluir a irresistível onomatopeia "miau!" — em gradação dramática: "miau!" quando o gato captura um rato solitário e bêbado; "miaau!" quando ataca vários ratos; e "miaaau!" quando enfrenta furiosamente todo um exército deles.

Enfim, para encurtar esta nota que já se alonga em detalhes, ao que tudo indica, esta é a primeira versão de *Mush-o Gorbeh* publicada em português. Apenas a primeira. Que venham muitas outras!

TRADUÇÕES DE *MUSH-O GORBEH* CONSULTADAS

Além da adaptação em prosa, direta do persa para o inglês, escrita por Zahra Mousnavi especialmente para esta publicação, foram consultadas diversas outras:

SMITH, Paul (tradução e introdução). *Obeyd Zakani's Mouse & Cat (The Ultimate Edition)*. Campbell's Creek: New Humanity Books (Kindle Edition).

Essa criteriosa tradução é apenas uma das dezenas que Smith publicou de diversos autores persas, incluindo outros títulos de Obeyd Zakani. Além do próprio poema traduzido, o volume inclui uma extensa biografia do poeta e um apêndice especialmente aproveitado nesta versão brasileira, por conter trechos comentados das outras traduções para o inglês escritas por Hartwell James (1906), Masud Farzad (1944), Hadi Hasan (1966), Abbas Aryanpur Kashan (1971), Mehdi Nakosteen (1971), Omar S. Pound (1972), Palang Latif (2006) e Dick Davis (2007).

POUND, Omar (tradução). *Gorby and the Rat*. Ilustrações de Jim Williams. Fayetteville: University of Arkansas Press, 1989.

Adaptação mais livre do poema, assinada pelo filho de Ezra Pound, estudioso das línguas do Oriente Médio. Aqui o gato tem nome, Gorby, alusão à palavra "gato" em persa ("gorbeh").

ESCRIBANO, Mar (tradução). *El ratón y el gato de Zakani y otros chistes*. Londres: Ediciones Anticuario, s.d.

Versão em espanhol, acompanhada de outros textos satíricos de Zakani.

POSFÁCIO

Rodrigo Petronio

Vida e obra de Obeyd Zakani

O poema *Mush-o Gorbeh*, traduzido neste livro que o leitor tem em mãos por Beto Furquim, com o apoio de Zahra Mousnavi, e ilustrado por Alex Cerveny, é uma das obras mais famosas da literatura persa. O influente *scholar* iraniano Abbas Eqbal Ashtiani a define como uma obra "universalmente conhecida em todos os países falantes de persa" — que incluem, além do Irã e das colônias de imigrantes iranianos pelo mundo, também o Afeganistão, o Tajiquistão e o Uzbequistão, onde variantes do idioma persa estão entre as línguas oficiais. Esses versos, que narram o conflito entre ratos e um gato poderoso e dissimulado, circulam há séculos, oralmente ou em manuscritos e — mais recentemente, em termos históricos — em livros impressos. Embora ainda haja controvérsia sobre quem de fato teria escrito a obra, sua autoria costuma ser atribuída ao poeta conhecido no Ocidente como Obeyd (ou Ubayd) Zakani.

Considerado um dos principais nomes da poesia satírica persa clássica, Nezam-al-Din Obeyd-Allah Zakani nasceu por volta de 1300, na cidade de Qazvin. Peregrinou pelas terras hoje cortadas pela fronteira entre Irã e Iraque, passando um tempo em Bagdá e fixando-se por mais de uma vez em Shiraz, um dos maiores centros de erudição e cultura da Pérsia. E estima-se que morreu em 1371. A pesquisadora Daniela Meneghini, da universidade italiana Ca' Foscari, o descreve como um descendente dos Zakanis, parte da tribo árabe Banu Kafaja, que se estabelecera na região de Qazvin no começo do período islâmico. O historiador Hamd--Allah Mostawfi (1281-1344, portanto contemporâneo de parte da vida de Zakani) o define como um poeta talentoso e autor erudito de tratados. Algumas fontes sugerem que ele deva ter exercido uma função oficial, como administrador ou ministro, na secretaria de algum príncipe.

Obeyd vai para Shiraz, onde se apresenta na corte do xá Abu Eshaq Inju, a quem dedica grande parte de seus panegíricos, peças de louvor a personalidades. Em 1357, Abu Eshaq é derrotado e morto pelo príncipe

Mobarez-al-Din Mohammad, da dinastia dos Al-e Mozaffar. Isso força Obeyd a deixar Shiraz por um tempo. Retorna à cidade apenas no reinado do xá Shoja (1364-1384), um patrono esclarecido e interessado em estudiosos e poetas, entre eles Hafez (c. 1325-1390). Ao que tudo indica, a família de Obeyd era de funcionários públicos de carreira cujo papel era servir a monarcas locais que os empregassem.

As queixas sobre dívidas e pobreza se repetem em sua obra. Isso não é algo incomum em poetas medievais, do Ocidente ou do Oriente, sobretudo os poetas itinerantes. Entretanto, esse *topos* recorrente pode sugerir que, talvez em virtude de sua língua ferina, não tenha conseguido manter posições estáveis por muito tempo, sendo expulso de uma corte a outra.

Somada a outros motivos, essa condição de poeta maldito ou marginal produziu um estranho apagamento de seu nome, tanto no cânone tradicional persa quanto (e ainda mais) na recepção ocidental. Como acentua Meneghini, a primeira organização impressa de suas obras foi publicada em Istambul em 1885-1886, baseada em um único manuscrito. A compilação mais completa e recente das obras do poeta foi publicada em Teerã, em 1955. Embora em seu tempo tenha sido equiparado à perfeição de Hafez e à eloquência de Saadi (1210-1291), Obeyd foi negligenciado sobretudo devido à obscenidade de sua linguagem. Entretanto, como se pode aferir de sua obra, poderia ser grosseiro e erudito ao mesmo tempo, e se entregar simultaneamente à vituperação e à fantasia, como Swift, Rabelais e tantos outros ocidentais.

Como quase todos os poetas de seu tempo, Obeyd era um polímata: um autor que transitava entre diversos saberes. Demonstrava conhecimento de filosofia moral, de línguas, das literaturas árabe e persa, das ciências religiosas, de jurisprudência e de ética, bem como de astronomia e de astrologia, dentre outras ciências comuns aos letrados. E sua obra segue essa proliferação e essa diversidade de interesses, formas e funções. Em termos estruturais, a obra se divide em tratados em prosa, livros que mesclam prosa e verso (prosímetro), compilações de anedotas e os poemas propriamente ditos. O hibridismo formal é notável. Sinaliza uma impressionante modernidade. E abre a possibilidade para o que podemos chamar de uma anarquia de gêneros.

Para Meneghini, em termos gerais toda obra de Zakani pode ser dividida em duas grandes matrizes: as obras sérias e as facécias (*facetiae*), termo da retórica latina para designar zombarias, chacotas, chistes, divertimentos, gracejos e toda forma de humor, seja satírico ou cômico, frutos de um riso com dor ou de um riso sem dor, nos termos de Aristóteles. E, dentro dessa matriz das facécias, Meneghini destaca três grandes temas: a religião, a política e a ética. Em todos esses domínios seus ataques são vigorosos. E empregam com frequência linguagem chula e obscena. Critica o clero que se intromete na vida das pessoas e se julga no direito de condenar os libertinos. Escarnece da fé irracional e da intolerância. Zomba da futilidade das disputas teológicas. A ineficácia da justiça, dos juízes e dos governadores também é alvo de condenação, enfatizando as falhas do sistema.

O conjunto das obras sérias é quase todo em poesia e compõe cerca de 3 mil versos, nas mais diversas formas, gêneros e extensões. Os especialistas definem essas composições mais sérias como sentenciosas, e, nesse sentido, boa parte delas segue as prescrições dos chamados *apotegmata* (sentenças definidoras), teorizados no mundo bizantino por Dioniso de Halicarnasso em seus estudos de estilo e provavelmente lidos por Obeyd em traduções. Por seu lado, as obras definidas como facécias compreendem dois *masnavis*, curtos e pornográficos; 48 composições muito curtas e em geral indecentes, feitas de fragmentos e inserções; 49 quadras (*roba'i*) obscenas; duas cartas que zombam do estilo epistolar e do uso de termos elevados dos religiosos da época; um horóscopo em forma de zombaria composto por um conhecedor de astronomia; uma ridicularização do que podemos chamar de zoognose, práticas divinatórias de origem arcaica que consistem em analisar vísceras de animais, voos de aves e outros elementos da natureza com o intuito de realizar premonições.

Professor de língua e literatura persa na Universidade de Nápoles, Giovanni D'Erme é autor de uma das melhores coletâneas ocidentais da obra de Obeyd, rica em aparatos e notas. Por meio dele, podemos sintetizar as obras mais importantes nos seguintes conjuntos: *Ética dos aristocratas*, *O livro da barba*, *O livro dos cem conselhos*, *A balada da masturbação*, *A dissertação letífica*, *O livro das definições* e, por fim, *Os ratos e o gato*. A esse *corpus* essencial de Obeyd, Meneghini agrega ainda duas obras: *O tratado em dez seções* e *A carta dos dervixes antinômicos*. A primeira reúne histórias e anedotas divertidas e licenciosas em árabe e persa. Uma de suas importâncias reside nos elementos autobiográficos, nos quais Obeyd informa ao leitor que suas sátiras e obscenidades surgiram das adversidades que teve de enfrentar, e que o ato de escrevê-las o teria livrado da ruína. A segunda é composta por duas cartas e mais 105 anedotas em persa (com muitas citações em árabe).

Autor de outra excelente coletânea do poeta persa, Hasan Javadi esclarece que a *Ética dos aristocratas* foi diretamente inspirada em uma obra do importante filósofo e estadista Nasir-al-Din Tusi (1210-1274), intitulada *Descrição dos aristocratas*, mas em uma inversão paródica. Trata-se de um ataque aos costumes da época, em especial às mudanças significativas de valores devido à dominação mongol. Há uma introdução explicativa e em seguida uma divisão em sete capítulos dedicados a virtudes como prudência, fortaleza, temperança, justiça, caridade, mansidão, pudor, sinceridade, compaixão e piedade. A partir de cada uma, Obeyd descreve a "doutrina de outrora" e a "doutrina vigente", seguida pelo mundo decadente do século XIV. Segundo Meneghini, nessa obra as virtudes aceitas há séculos por consenso e por meio de uma ética normativa são substituídas por novos preceitos difundidos na época do poeta. E estes prescrevem o exato oposto das virtudes anteriores, em um processo de completa ab-rogação legal.

O humor reside aqui na justaposição e nos contrastes multiformes que ajudam a tensionar a polaridade de um mundo às avessas (*contemptus mundi*), *topos* comum na poesia medieval latina e bastante explorado por Obeyd, sobretudo na produção satírica. Obeyd usa a inserção jocosa de versos alheios, entremeados a seus versos. Essas reciclagens textuais, baseadas na imitação e na emulação de versos, poemas, obras e poetas alheios, eram muito comuns. Desde a Antiguidade até o Romantismo, tanto no Oriente quanto no Ocidente, pode-se dizer que são a regra, não a exceção. Contudo, Obeyd explora essa função paródica em uma chave grotesca, corroendo a sublimidade de modelos elevados do cânone persa. Para esse objetivo, menciona passagens do Corão e recorre às populares compilações de ditos e feitos do profeta Maomé (*hadit*), mesclando-as a fatos insignificantes e a incidentes banais.

Misto de verso e prosa, a obra *O livro da barba*, conhecida também como *Livro da pogonologia*, ridiculariza a linguagem empolada de tratados da época, tema recorrente, que veremos mais tarde no Ocidente, sobretudo em Erasmo e Rabelais. Paul Sprachman chega a cunhar um termo específico para essas invectivas: "sátira escolástica". Obeyd não poupa acadêmicos, professores e intelectuais, bem como pedagogos islâmicos e hermeneutas de escolas corânicas. Já no *Livro dos cem conselhos*, Obeyd satiriza a própria prática de escrever livros de conselhos, exaustiva à sua época. Algo semelhante a uma paródia dos livros de autoajuda nos dias de hoje. Os cem conselhos são um conjunto de aforismos e regras de comportamento paradoxais, em que se propõe que se sigam normas estabelecidas em nome da virtude, mas tanto aqueles que propõem as regras quanto aqueles que as cumprem à risca incorrem em absurdo. Cita como uma de suas fontes um testamento (provavelmente apócrifo) de Platão destinado a Aristóteles. Mais uma vez, apoia-se na erudição e na autoridade alheias para corroer a autoridade e a erudição. Parodia outros tratados didáticos, dentre eles um atribuído a Anushirvan, o Justo. Como aponta Meneghini, as fontes eruditas reforçam o efeito de estranhamento desses conselhos que nos convidam a adotar posturas amorais e transgressoras, alheias às regras sociais ou às heteronomias religiosas. O tom logo se quebra e os conselhos se tornam sarcásticos e autocorrosivos. Javadi enfatiza o modo pelo qual Obeyd ridiculariza os "fiscais da moral pública", com seus truísmos e tautologias, tais como: "Não perca seu tempo", "Não estrague um bom dia", "Evite a morte, repudiada desde os tempos antigos", dentre outros clichês. As duas últimas recomendações e a conclusão da obra merecem destaque. A penúltima pede que a sátira e os autores satíricos não sejam condenados. A última retoma o tom sério e erudito da introdução, encerrando a obra com a habitual invocação a Deus. Uma dupla ironia de Obeyd para que apenas os satiristas sejam poupados, pelos humanos e por Deus.

A inaudita *Balada da masturbação* é uma imitação jocosa, paródica e obscena dos estilemas erótico-místicos que dominavam a literatura persa do século XIV. É basicamente um ataque aos sufis, que Obeyd dizia serem inclinados a essa prática. A *dissertação letífica*, por sua vez, prima pelo nome: uma composição de humor letal contra personagens e valores. Trata-se de duas coletâneas heterogêneas de formas epigramáticas: a primeira escrita em árabe (93 anedotas) e a segunda escrita em persa (266 montagens de material tradicional diverso), sendo esta mais autoral do que aquela. Além da caricatura e do humor, é uma das obras de Obeyd que melhor descreve a vida cotidiana de seu tempo, trazendo à cena elementos que nem a historiografia, nem a poesia, nem a ficção da época contemplavam, e fornece um painel da cultura persa do século XIV.

Segundo Meneghini, as técnicas utilizadas por Obeyd para realizar a depreciação de personagens reais e vituperar contra o mundo podem ser reunidas em cinco grupos. Primeiro: a degradação do objeto da sátira. Um dos recursos nesse caso costuma ser a animalização dos humanos, oposta à personificação dos animais, mais presente na poesia séria. Este poema *Os ratos e o gato* é um exemplo perfeito dessa premissa. Segundo: a metamorfose por meio da qual o autor altera a forma e a estrutura de um determinado objeto, humano ou não humano. Terceiro: a simulação. Por meio dela, o autor finge ser tolo e inepto. Em outros casos, a sua *persona* se traveste nessas personalidades. Assim, o poeta se permite agir como o bobo licenciado. E descreve a tolice de certos atos ou a ingenuidade de certas pessoas. Imita nesse sentido muitas vezes Talkak, um bufão de corte, protagonista de muitas anedotas tradicionais. Quarto: a destruição de símbolos culturais e religiosos, como a bandeira da guerra santa, o prestígio moral de Saadi ou de outras personalidades religiosas de grande reputação na época. O ataque às imagens sagradas não pressupõe necessariamente ateísmo, embora essa hipótese deva ser bastante levada em conta nesse caso, como o fez Lucien Febvre em seus estudos sobre Rabelais. Em uma abordagem pragmática mais pontual, podemos dizer que o poeta apenas demonstra o uso indevido e ardiloso de tais imagens por parte de tiranos e impostores. E adverte para os danos causados devido ao valor icônico que essas imagens mobilizam. Quinto: a ironia, em geral acompanhada de maldições e de insultos. Esse procedimento consiste em articular um discurso aparentemente sério ao qual subjaz uma forte carga de deboche. Essa articulação segue um *crescendum* e por fim explode em uma linguagem transgressora e em imagens obscenas. A estrutura da *Ética dos aristocratas* é basicamente essa. A catalisação de tantos afluentes ocorre de modo exemplar em sua obra mais conhecida: *Os ratos e o gato*.

OS RATOS E O GATO

A obra pode ser analisada sob os mais diversos prismas. Opto aqui por um breve levantamento de sua constituição de gênero, de forma e de função, para fornecer ao leitor um enquadramento desta obra em uma moldura mais ampla da poesia. A estrutura narrativa do poema é extremamente simples. Conta os atos cruéis e a hipocrisia de um gato que atormenta uma comunidade de ratos ingênuos e crédulos. Primeiro o gato mata e devora um rato. Em seguida, fingindo arrependimento, vai orar em uma mesquita. Ao simular devoção, consegue enganar ainda mais ratos, que acreditam em seu arrependimento e caem prisioneiros de suas mandíbulas. Vale-se da religião para conquistar a confiança de seus futuros manjares. E para ampliar assim a sua comilança. Como reação a esse comportamento, os ratos declaram a guerra que segue até o fim do poema.

Masoud Farzad, Abbas Eqbal, Dick Davis, Meneghini e outros comentadores apontam aqui uma primeira interpretação, tensionada entre a alegoria e o realismo. O gato seria o conquistador Amir Mobarez-al--Din Mohammad, que subjugou a família Inju em Shiraz e fora criticado tanto por Obeyd quanto por Hafez em outras ocasiões. O fechamento das tavernas, a religiosidade pretensiosa e o autoritarismo desse sucessor dos califas abássidas podem ter levado Obeyd a vê-lo como vilão potencial do poema. Algumas pesquisas adicionais revelam que essa tese pode ser firmemente comprovada. Um dos fatos que a corroboram é que Obeyd não foi o único a criticar a hipocrisia religiosa desse governante. Quando ele fechou as tavernas e proibiu o consumo de vinho, grupos de Shiraz o apelidaram de *Muhtasib* (Chefe de Polícia). Hafez faz referência direta a essas restrições repressivas em um de seus poemas que também menciona um gato. Todos esses dados ajudam a vincular o gato do poema a essa personagem real. E demonstram que Obeyd modelou seu gato a partir dessa personagem. Entretanto, esse acoplamento entre alegoria e seres reais alegorizados não satisfaz as demandas internas e formais do poema. Isso decorre de outra dificuldade interpretativa: a circunscrição do poema em termos de gênero.

De acordo com Meneghini, *Mush-o Gorbeh* é uma obra "mítico-paródica", pois atingiu o estatuto de uma representação coletiva dos persas, para usar a definição de mito desenvolvida por Émile Durkheim. Ao mesmo tempo, à medida que explora subtextos e intertextos de outras obras, valendo-se de seres humanos e não humanos, empíricos e reais, subsumidos às figuras do gato e dos ratos, seria uma paródia de outras tradições. Por sua vez, Davis usa o termo "fábula animal", bastante pertinente. Esse termo nos reporta a tradições ocidentais que vêm da Antiguidade ao mundo moderno, de Esopo a Cervantes, de La Fontaine a Machado de Assis, a Kafka e a George Orwell. Uma fábula que poderia até ser entendida hoje como obra de literatura infantojuvenil, como as *Viagens de Gulliver* são consideradas por alguns estudiosos. Entretanto, essas definições também não esgotam o poema em questão. E o motivo é claro: o componente satírico e a corrosão do caráter de personagens históricas e reais. Essas personagens estão virtualmente implicadas na obra. E são realmente vituperadas pelas situações degradantes que o poema mimetiza. Devido a isso, outros especialistas preferem o termo heroico-

-cômico. Trata-se de um gênero híbrido por meio do qual situações elevadas são deslocadas para um enquadramento baixo por meio da animalização dos protagonistas com fins meramente cômicos. Nesse caso, a guerra dos ratos contra o gato e a opressão de reis e soberanos contra sua população.

Por fim, uma última definição do poema seria a ironia. Mais uma figura de pensamento e de linguagem do que um gênero, a ironia se define como a intromissão sutil de uma voz reflexiva e autorreflexiva em uma dada situação, positiva ou negativa. Nesse caso, a estrutura fabular do poema estaria dada desde o começo como um jogo, uma brincadeira infantil. E os subtextos, as referências reais e as intertextualidades do poema seriam apenas uma maneira de acenar para a consciência dos leitores da época, para os quais provavelmente essas codificações eram conhecidas. E, devido a isso, esses leitores deveriam extrair do poema um riso difuso, sem grandes transgressões éticas, teológicas, políticas ou morais.

Contudo, a questão não para aqui. Algumas dificuldades complementares a essa surgem quando associamos o gênero à forma adotada. Obeyd exercitou sobretudo os *qasidah*, os *masnavis* e os *ghazals*, em suas modulações mais apropriadas para o erotismo, o didatismo ou a sátira. O *masnavi* se originou em produções do idioma persa médio, por volta do século III d.C. Consiste em uma série de dísticos (unidades de dois versos) em pares rimados (AA, BB, CC, e assim por diante) que compõem um tipo característico de verso persa, usado principalmente para poesia épica, histórica, amorosa, didática e iniciática, como é o caso dos *masnavis* de Rumi, como enfatiza Faustino Teixeira. O termo *ghazal* é de origem árabe e sua raiz significa *fiar*. O sentido figurado inicial seria "ter conversas amorosas com mulheres" ou "tecer o fio de uma conversa amorosa", e por isso a associação frequente com poesia erótica. Como demonstra Michel Sleiman, o *ghazal* deixou uma marca importante na poesia andaluza e em toda a Península Ibérica, por meio do poeta Ibn Gúzman (1078-1160), procedente de Córdoba.

O poema *Os ratos e o gato* foi composto em *qasidah*, forma desenvolvida pela poesia pré-islâmica e que se manteve como uma das mais recorrentes da cultura persa por séculos. O termo *qasidah* significa literalmente "partido ao meio". O *qasidah* é referido assim devido a sua forma, que prevê dois hemistíquios, divisão simétrica que se efetua no meio de um mesmo verso e que, segundo as preceptivas árabes, simulam o andar dos camelos, como lembra o escritor e tradutor brasileiro Alberto

Mussa. O *qasidah* pode também ser desenvolvido em outras métricas, com exceção do *rajaz*, forma retoricamente menos extensa, composta de dois versos unitários, e que provavelmente emergiu da *saj'*, um tipo de prosa rimada. Em geral, o *qasidah* tem função panegírica (louvor de uma personalidade), elegíaca (elogio amoroso) ou satírica (corrosão moral de seres e personagens). Apresenta uma extensão de sessenta a cem versos. E se estrutura em torno de uma mesma rima que se repete ao final de cada verso, a mesma rima que ocorre ao final do primeiro hemistíquio. Nesse sentido, o *qasidah* é uma forma que explora uma experiência encantatória, ligada a repetições, muito presentes na oralidade e pautadas por uma recorrência-padrão estabelecida desde o começo do poema.

Como ficamos? O poema é uma alegoria que figura personagens reais? Uma fábula animal heroico-cômica que desloca um gênero elevado para um enquadramento baixo? Seria uma paródia de outras fábulas, mesclada por teores políticos e teológicos? Seria uma sátira moral e corretiva, composta em *qasidah* para vituperar e vilipendiar um rei existente, sem o comprometimento do autor? Seria um louvor invertido e cômico de um mau governante, um panegírico às avessas? Ou se encaixaria melhor na chave mais geral da ironia, em suas filigranas formais e nas camadas sutis que ela agencia? Em sua simplicidade impressionante, o poema é tudo isso. E ainda outras linhas emaranhadas nos novelos infinitos da leitura, da linguagem e da escrita.

A TRADUÇÃO

Seja por meio da tradução direta, seja por meio de cotejo de línguas ocidentais, há décadas a poesia clássica persa conta com alguns tradutores e estudiosos excelentes no Brasil, tais como Nicolas Voss, Alberto Mussa, Michel Sleiman, Pedro Fonseca, Mamede Jarouche, Marco Lucchesi, Faustino Teixeira, José Jorge de Carvalho, Monica Udler Cromberg, Ana Maria Sarda, Segismundo Spina, Beatriz de Moraes Vieira, Sergio Rizek, Ricardo Rizek, Jamil Almansur Haddad, Luiz Antônio de Figueiredo, Roberto Cattani, Daniel Martineschen, Aurélio Buarque de Hollanda, Manuel Bandeira, Cecília Meireles, dentre outros. Augusto de Campos, poeta que, com seu irmão Haroldo, elevou a teoria e a prática da tradução de poesia a um novo patamar, traduziu (via Edward FitzGerald) alguns dos famosos *roba'i* de Omar Khayyam. Com esta obra, Furquim vem colocar mais um livro nessa estante crescente. E enriquecer o *corpus* da poesia em língua portuguesa.

Como foi dito, o *qasidah* se caracteriza pela divisão de cada verso em dois hemistíquios, como se vê no exemplo do manuscrito original em que se baseou esta tradução (ver página 44 deste volume). Essa estrutura gera um desafio e, ao mesmo tempo, uma oportunidade. O desafio é conseguir manter o ritmo e as mesmas rimas coincidentes ao longo de muitas dezenas de versos. A oportunidade reside nos ganhos rítmicos, rímicos e sonoros que essa estrutura proporciona, semelhantes a algumas formas fixas ou semifixas do cancioneiro brasileiro. Como tudo em arte, essa estrutura não é enrijecida, e admite algumas modulações localizadas. Em relação à métrica, a escolha varia de tradutor para tradutor, de idioma para idioma, pois a língua persa trabalha com uma métrica qualitativa (baseada em sílabas longas e breves), como o grego, o latim e outras línguas antigas. Os sistemas métricos das línguas modernas neolatinas são quase sempre quantitativos e acentuais: pressupõem um número fixo de sílabas e adquirem variabilidade por meio dos acentos agudos e graves em pontos específicos.

A tradução de Hasan Javadi (para o inglês) divide o poema em seções: um prólogo, oito estâncias e um epílogo. Procura manter o esquema rímico do *qasidah*, mas se vale de rimas toantes (imperfeitas) para obter os efeitos parciais das rimas recorrentes. Quanto à métrica, submete o metro a modulações rítmicas e a alternâncias qualitativas das sílabas, também presentes no inglês. Assim, é uma tradução metricamente mais fluida. A tradução de Giovanni D'Erme (para o italiano) opta por sintetizar todo esquema rímico do poema em dísticos rimados, como ocorre na forma *masnavi*. É uma escolha arriscada, pois assim se perde a repetição mântrica de uma mesma rima, alternada com versos que tecnicamente não rimam entre si. Como todas as escolhas apresentam ganhos e perdas, o ganho dessa escolha de D'Erme é produzir um poema bem mais acomodado à tradição dos dísticos rimados, prolífica no Ocidente e cultivada por grandes poetas-tradutores, como Dryden, Pope e outros. D'Erme se vale também do decassílabo fixo, um metro bastante estável e recorrente na poesia italiana e neolatina, o que contribui para a fixação oral do poema.

A mesma lógica de D'Erme é seguida na tradução de Dick Davis (para o inglês), que se vale das unidades de dísticos rimados do começo ao fim do poema. E usa o pentâmetro iâmbico hipotético como recurso. A métrica hipotética é quando o poeta ou o tradutor sugerem uma métrica fixa, mas propositalmente não a cumprem de modo rigoroso em todos os versos. Pier Paolo Pasolini, Jorge de Lima, Derek Walcott, Carlos Drummond de Andrade, Cecília Meireles, Octavio Paz, Vinicius de Moraes e muitos outros poetas modernos adotam esse recurso da métrica hipotética. Essa escolha de Davis ganha assim duas formas de regularidade: o dístico rimado e a estrutura constante de um dos metros favoritos de Shakespeare, bem como um dos mais difundidos na poesia de língua inglesa.

Em sua tradução, Furquim optou por usar o hendecassílabo (verso de onze sílabas). E seguiu a estrutura de paralelismos do *qasidah*, preservando ao longo de quase todo o poema a repetição de uma mesma rima ao final de cada hemistíquio, alternada a hemistíquios sem rima. A escolha é certeira. O ritmo repetido confere ao poema um tom de aceleração e de ansiedade pelo desfecho. Cria-se assim um isomorfismo (relação entre forma e conteúdo) entre o andamento vivaz do poema e a perseguição, o combate e as diatribes entre o gato e os ratos. Mantêm-se assim também o aspecto lúdico, essencial à obra. E, por fim, os metros fixos simulam uma estrutura ao mesmo tempo fixa e simples, semelhante a algumas estruturas dos cancionistas brasileiros. Como poeta, cancionista e tradutor, Furquim consegue assim aproximar Obeyd dos ouvidos e da cultura brasileira. A forma-canção também traz outro ganho. Talvez seja a forma da poesia que mais se aproxime das criações coletivas e anônimas do mito.

Como muitos satiristas, Obeyd se posiciona sobretudo sob a *persona* de um defensor da verdade contra a falsidade e a decadência do mundo. Para cumprir esse desiderato, muitas vezes usava um pseudônimo: Obeydullah. Diferente de seus contemporâneos, que escolheram pseudônimos solenes e misteriosos, como Hafez (guardião) e Jahan (mundo), Obeydullah é apenas uma extensão de Obeyd e, curiosamente, significa *servo*. Como um satirista-servo da verdade, o poeta não poderia ter adotado um pseudônimo melhor. E, na verdade, um falso pseudônimo ou um pseudopseudônimo: uma ocultação que revela para o mundo o oposto daquilo que se quer ocultar na medida mesma em que o oculta. Como a *aletheia* de Heidegger, a verdade talvez resida nesse jogo infinito de oclusões-desvelantes e de desvelamentos-ocludentes.

Ao adotar um falso pseudônimo, Obeyd talvez tenha tentado chegar à essência da poesia, entendida como sinônimo de verdade: o anonimato. Como se nos dissesse: "Não estou me fingindo de nada: sou apenas quem sou". Quem finge ser, revela ser o ser que não é. Quem finge não ser, apenas revela ser o que é. Quem esconde a verdade, teme ser descoberto. Quem revela a verdade, oculta-se de si mesmo para que a verdade se revele por si. Como Odisseu se converte em Ninguém para se salvar de Polifemo, Obeyd buscou o anonimato para salvar a verdade do mundo e se salvar do mundo. Essa anedota final parece revelar, de modo evidente e sem nenhuma ocultação, a verdade da poesia, pertencente a todos os humanos. Uma verdade que poderoso algum jamais vai poder confiscar.

Ver a versão completa deste ensaio em:
<www.editora34.com.br/download/Rodrigo_Petronio_ensaio.pdf>.

SOBRE O AUTOR DO POSFÁCIO

Rodrigo Petronio é escritor e filósofo, autor de mais de vinte livros e organizador de diversos outros. Professor titular da FAAP, em São Paulo, atua na fronteira entre comunicação, filosofia e literatura. Possui doutorado em Literatura Comparada (UERJ/ Stanford University) e mestrados em Filosofia da Religião (PUC-SP) e em Literatura Comparada (UERJ), tendo desenvolvido pós-doutorado no Programa de Tecnologias da Inteligência e Design Digital da PUC-SP, onde atualmente é pesquisador. Atua no mercado editorial há mais de trinta anos e colabora regularmente com alguns dos principais veículos da imprensa brasileira. Mantém a Oficina de Escrita Criativa, referência em sua área, e ministra cursos, palestras e conferências em instituições como Casa do Saber, Fronteiras do Pensamento, Fundação Ema Klabin e Museu da Imagem e do Som. Foi finalista do Prêmio Jabuti por duas vezes, nas categorias Poesia (2006) e Ciências Humanas (2023), e já recebeu diversas premiações nacionais e internacionais de poesia, ficção e não ficção. Site: <www.rodrigopetronio.com>.

REFERÊNCIAS E INDICAÇÕES DE LEITURA

ABDI, Maryam; FAZELI, Mohammad. "Analysis of the Ubayd Zakani's *Mouse and Cat* Poem from a Psychoanalytical Perspective". *Specialty Journal of Humanities and Cultural Science*, vol. 4, nº 4, pp. 1-8, 2019.

ABDOLLAHI, Manizheh. "Congruity of Structure and Content in the Ghazals of Hafiz and their Cultural and Historical Context". In: TALATTOF, Kamran (org.). *Routledge Handbook of Ancient, Classical and Late Classical Persian Literature*. Nova York: Routledge, 2023.

ABEDINIFARD, Mostafa. "Gendering Obeyd: Rereading Zakani's Sexual Satire". In: TALATTOF, Kamran (org.). *Routledge Handbook of Ancient, Classical and Late Classical Persian Literature*. Nova York: Routledge, 2023.

ARBERRY, A. J. *Classical Persian Literature*. Londres: Routledge, 1995.

ATTIÉ FILHO, Miguel. *Falsafa: a filosofia entre os árabes*. São Paulo: Palas Athena, 2016.

BROWNE, Edward G. *A Literary History of Persia*. Cambridge: West Bengal Public Library, 1928.

CHANFARA. *Poema dos árabes*. Tradução e introdução de Michel Sleiman. São Paulo: Tabla, 2020.

CORBIN, Henry. *Cyclical Time and Ismaili Gnosis*. London: Kegan Paul International/ Islamic Publications, 1983.

DAVIS, Dick. *Faces of Love: Hafez and the Poets of Shiraz*. Tradução e introdução de Dick Davis. Nova York: Penguin Books, 2012.

D'ERME, Giovanni M. (org.). *Obeyd Zakani. Dissertazione letifica: racconti e satire dalla Shiraz del Trecento*. Roma: Carocci, 2005.

GOODY, Jack. *Renascimentos: um ou muitos?* Tradução de Magda Lopes. São Paulo: Editora Unesp, 2011.

HAGHIGHI, Farzam. "A Speculation on Obeyd Zakani's Life Events Mentioned in the Tazkeras and Comparing them with Other Sources". *Journal of History of Literature*, vol. 15, nº 1, pp. 157-78, 2022. Disponível em: <https://hlit.sbu.ac.ir/article_102700.html>. Acesso em: 18/3/2024.

HARMAN, Graham. *O objeto quádruplo: uma metafísica das coisas depois de Heidegger*. Tradução de Thiago Pinho. Rio de Janeiro: Eduerj, 2023.

HICK, John. *Teologia cristã e pluralismo religioso*. Tradução de Luís Henrique Drehe. São Paulo: PPCIR/Attar Editorial, 2005.

INGENITO, Domenico. "'Obayd Zakani: dieci canzoni d'amore". *Quaderni di Meykhane*, nº 3, pp. 10-24, 2013-2014.

JAMBET, Christian. *A lógica dos orientais: uma introdução ao pensamento de Henry Corbin*. Tradução de Alexandre Carrasco. São Paulo: Globo, 2005.

JAROUCHE, Mamede. *Livro das mil e uma noites*. São Paulo: Globo, 2023, 5 vols. (Biblioteca Azul).

JAVADI, Hasan. *Obeyd Zakani. The Ethics of the Aristocrats and Other Satirical Works*. Tradução de Hasan Javadi. Edição ilustrada. Bethesda: Jahan Books Company, 1985.

LATOUR, Bruno. *Jamais fomos modernos: ensaio de antropologia simétrica*. Tradução de Carlos Irineu da Costa. São Paulo: Editora 34, 1994.

LUCCHESI, Marco (org.). *Caminhos do Islã*. Rio de Janeiro: Record, 2002.

MENEGHINI, Daniela. "Obeyd Zakani". *Encyclopaedia Iranica*. Disponível em: <https:// iranicaonline.org/articles/'Obeyd-zakani>. Acesso em: 18/3/2024.

PAGLIA, Camille. *Personas sexuais: arte e decadência de Nefertite a Emily Dickinson*. Tradução de Marcos Santarrita. São Paulo: Companhia das Letras, 1992.

SAID, Edward. *Orientalismo: o Oriente como invenção do Ocidente.* Tradução de Rosaura Eichenberg. São Paulo: Companhia das Letras, 2007.

SLEIMAN, Michel. *A poesia árabe-andaluza: Ibn Quzman de Córdova.* São Paulo: Perspectiva, 2021.

SPRACHMAN, Paul. *Suppressed Persian: An Anthology of Forbidden Literature.* Costa Mesa: Mazda Publishers, 1995 (Bibliotheca Iranica).

TALATTOF, Kamran (org.). *Routledge Handbook of Ancient, Classical and Late Classical Persian Literature.* Nova York: Routledge, 2023.

TEIXEIRA, Faustino. *O mar da unidade: roteiro livre para a leitura do Masnavi de Rumi.* Organização de Ricardo Machado. Publicado em 29/5/2020. Disponível em: <https://www.ihu.unisinos.br/categorias/599190-o-mar-da-unidade-roteiro-livre--para-a-leitura-do-masnavi-de-rumi>. Acesso em: 18/3/2024.

VIEIRA, Beatriz Moraes. "Sutileza e memória: um olhar sobre a literatura persa clássica". *Poesia Sempre*, Rio de Janeiro, Fundação Biblioteca Nacional, vol. 14, pp. 121-32, 2001.

VIVEIROS DE CASTRO, Eduardo. *A floresta de cristal: ensaios de antropologia.* São Paulo: n-1 edições, 2024.

ZAKANI, Obeyd. *The Ethics of the Aristocrats and Other Satirical Works.* Tradução de Hasan Javadi. Edição ilustrada. Bethesda: Jahan Books Company, 1985.

_____. *Dissertazione letifica: racconti e satire dalla Shiraz del Trecento.* Organização de Giovanni M. D'Erme. Roma: Carocci, 2005.

_____. "Dieci canzoni d'amore". *Quaderni di Meykhane*, nº 3, pp. 10-24, 2013-2014.

SOBRE O TRADUTOR E O ILUSTRADOR

Beto Furquim é escritor, editor e cancionista. Reside em São Paulo, cidade onde nasceu e formou-se em Letras (USP) e Jornalismo (PUC). Autor do álbum musical independente *Muito prazer* (2008), também publicou livros de poesia, como *Banhei minha mãe* (2018) e *Mascavo* (2024) (ambos pela editora Laranja Original), e histórias infantis, como *A barca do canoeiro* (Panda Books, 2022) e *O jabutiquinho na festa do céu* (Editora 34, 2024).

Alex Cerveny nasceu em São Paulo, em 1963, e é artista visual. De formação independente, sua trajetória artística é originária do desenho e da gravura, desdobrando-se posteriormente na pintura, cerâmica e bronze. Suas obras evocam um universo fantástico e exploram uma iconografia que articula referências históricas, cultura cotidiana e memórias pessoais. Participou da XXI Bienal de São Paulo em 1991, e, mais recentemente, expôs em mostras na Fondation Cartier pour l'art contemporain, Triennale Milano, Biennale of Sydney, Power Station of Art de Xangai e Gwangju Biennale. Em 2023, realizou a exposição individual *Mirabilia* na Pinacoteca de São Paulo, que reuniu mais de cem obras criadas durante seus quarenta anos de carreira.

Este livro foi composto em Sabon pela Franciosi & Malta, com CTP e impressão da Edições Loyola em papel Pólen Bold 90 g/m² da Cia. Suzano de Papel e Celulose para a Editora 34, em maio de 2025.